Richard
et le secret des livres magiques ^{MC}

SÉRIE CLASSIQUE

20 000 LIEUES SOUS LES MERS

Adapté du roman original de Jules Verne

SÉRIE CLASSIQUE

Richard

et le secret des livres magiques MC

20 000 LIEUES SOUS LES MERS

Traduit en français par : Alain Tittley

Adapté par :   Illustré par :

Kim Greene   **Dan Nosella**

Richard MC
et le secret des livres magiques

présente

20 000 LIEUES SOUS LES MERS

Adapté du roman original de Jules Verne

Au cours de l'été 1866, des événements bizarres se sont produits dans les grandes mers du monde. Des marins ont affirmé avoir vu des créatures énormes jusque-là inconnues. Quelques navires ont heurté ces gigantesques créatures et il en est même un dont la coque a été transpercée par ce qui semblait être un monstre marin.

La majorité des gens ne voyait qu'une explication à ce phénomène : il ne pouvait s'agir que d'un monstre. Plusieurs ont aussi émis l'hypothèse du sous-marin, mais comme aucun gouvernement n'était prêt à admettre qu'une telle machine puisse exister, la théorie du sous-marin fut vite oubliée.

Le professeur Pierre Aronnax,

du célèbre Musée de Paris, était à l'époque un océanographe réputé. En tant qu'expert des choses marines, il fut approché par le *New York Herald*, un journal qui lui demanda de rédiger un article sur l'étrange monstre. On pouvait lire dans son article :

Après avoir examiné toutes les possibilités quant à l'origine de cette créature, je dois conclure qu'il s'agit-là d'un animal marin de taille gigantesque.

Les grandes profondeurs de l'océan nous sont entièrement inconnues et nos sondes ne peuvent les explorer. Ce qui se passe dans les profondeurs abyssales et la nature exacte des animaux qui y vivent appartiennent au monde de l'imaginaire.

Le professeur Aronnax imaginait que la bête était un narval géant, mieux connu sous le nom de licorne de mer à cause de la longue c o r n e q u ' e l l e possède en plein centre du front. Il estimait

que c'est avec cette corne que l'animal avait réussi à percer la coque de certains navires. Mais s'il s'agissait bien d'une licorne de mer, elle était beaucoup plus grosse que toutes celles observées jusqu'à ce jour.

Cette théorie ne pouvait être vérifiée que d'une seule façon : il fallait capturer la créature. Puisqu'elle s'était montrée potentiellement dangereuse et parce que les compagnies d'assurances menaçaient d'aug-

menter leurs tarifs pour la protection des navires si la créature n'était pas détruite, les Américains montèrent une expédition pour abattre le fameux monstre marin.

L'EXPÉDITION

Un navire très rapide, le *Abraham Lincoln*, fut affrété pour prendre la haute mer et trouver la créature. Bien entendu, le professeur Aronnax fut invité à se joindre à l'expédition. Quelques heures seulement après avoir accepté l'invitation, le professeur et son serviteur, Conseil, montaient à bord du navire et rencontraient le capitaine Farragut, responsable de l'expédition.

Le capitaine Farragut était un excellent marin, digne de la très grande responsabilité qui lui incombait. Dans son esprit, il n'y avait aucun doute quant à l'existence de la licorne géante et il n'acceptait pas qu'on le contredise à bord de son navire, le *Abraham Lincoln*. Il croyait que la bête existait et il avait juré que c'est lui qui allait l'abattre. De deux choses l'une : il allait vaincre cette licorne géante ou la licorne allait le tuer. Dans sa tête, il n'y avait aucune autre option possible. Il s'était même permis d'offrir une récompense de 2 000 $ à celui de ses marins qui verrait le monstre en premier.

Parmi les membres de l'expédition, Il y avait aussi Ned Land, un baleinier canadien-français expert dans le maniement du harpon. Ned Land était le seul homme à bord du navire qui ne croyait pas à l'existence du monstre marin.

- « En tant que baleinier, dit Ned au professeur Aronnax, j'ai harponné plusieurs licornes de mer. Malgré leur puissance et leur longue corne, elles n'ont jamais réussi à érafler la coque d'un navire.

- Mais Ned, insista le professeur, on dit que certains navires ont été transpercés par ces bêtes.

- C'est possible si la coque de ces bateaux était en bois, reprit le baleinier. Mais je n'ai jamais vu une chose pareille et jusqu'à preuve du contraire, je refuse de croire qu'une baleine ou une licorne de mer puisse causer de tels dommages. Je fréquente les mers du monde depuis de nombreuses années et jamais je n'ai vu une créature pareille. »

Le *Abraham Lincoln* poursuivait sa route en direction de l'océan Pacifique et tous les marins à bord ne cessaient de scruter l'horizon pour découvrir le monstre et, surtout, empocher la récompense.

LA CRÉATURE

Pendant trois mois, l'équipage ratissa le Pacifique à la recherche du monstre mais, comme les vivres commençaient à se faire rares, le capitaine Farragut informa ses hommes que l'expédition prendrait fin dans trois jours.

Deux jours passèrent sans que la créature donne signe de vie. À huit heures du soir, le troisième jour, le professeur Aronnax scrutait l'horizon en compagnie de son serviteur, Conseil. La lune était basse à l'horizon et la mer calme comme un miroir.

- « Eh bien monsieur, dit le serviteur, je pense que nous allons devoir revenir bredouilles.

- Malheureusement, répondit le professeur. Je pense que mes conclusions étaient peut-être hâtives. Maintenant, on va me prendre pour un idiot.

- Mais monsieur, balbutia Conseil, vous n'avez que... »

Conseil ne put terminer sa phrase, car Ned Land, qui était perché au sommet d'un des mâts du navire, se mit à crier.

- « Regardez, au large ! La bête que nous recherchons est là par tribord devant. »

Tous les marins se précipitèrent à tribord pour voir le monstre qu'ils traquaient depuis de si longs mois. La bête était en surface à environ un kilomètre et demi du navire. C'était une créature énorme avec deux yeux lumineux qui diffusaient une lumière irréelle à la surface de l'eau.

Le capitaine Farragut ordonna l'arrêt immédiat des moteurs. Au même moment, le monstre qui venait de voir le navire se dirigea vers lui à toute vitesse. Le professeur Aronnax, bouche bée sur le pont, s'émerveillait devant la vitesse de l'animal même s'il semblait évident qu'il allait faire couler le navire en le heurtant. Mais, à cent mètres du navire, la bête plongea brusquement sous le bateau pour réapparaître de l'autre côté sans l'avoir même frôlé.

Contre toute attente, la bête s'éloigna rapidement du *Abraham Lincoln*. Le capitaine ordonna à son équipage de reprendre la poursuite. Toute la nuit, ils poursuivirent la bête, poussant les moteurs au maximum. Mais le monstre demeurait à distance, s'éloignant sans aucun problème du navire lorsque celui-ci se rapprochait.

À l'aube, au moment où ils venaient de constater qu'ils n'avaient pas encore réussi à s'approcher du monstre marin, celui-ci s'immobilisa à la surface de l'eau.

- « Ah, dit le professeur Aronnax, l'animal doit être épuisé par sa course !

- Approchez-vous pour que je puisse harponner la bête », cria Ned Land.

Tout doucement, *le Abraham Lincoln* s'approcha de la créature qui semblait se reposer. Ned Land lança son harpon et heurta la bête. Il eut l'impression que son harpon venait de frapper une surface très dure.

Au même moment, le *Abraham Lincoln* fut secoué comme un vulgaire radeau. Les marins tombèrent par-dessus bord et le navire perdit un de ses mâts. La puissance de la collision projeta le professeur Aronnax à la mer.

- « Au secours ! Au secours ! », cria-t-il lorsqu'il revint à la surface des eaux sombres. Il nageait désespérément vers le *Abraham Lincoln* mais ses vêtements mouillés l'empêchaient de rejoindre le navire.

PERDU EN MER

Épuisé par son combat contre les vagues, alors qu'il allait se laisser couler, le professeur entendit une voix rassurante : « Maître. Maître. Appuyez-vous sur mon épaule, vous pourrez nager plus facilement. » C'était Conseil qui venait de plonger à son secours.

Le professeur Aronnax ne se fit pas prier pour s'agripper au bras de son ami. Celui-ci était un très bon nageur et il n'avait aucune difficulté à maintenir le professeur à la surface de l'eau.

- « Le choc t'a projeté à la mer toi aussi ?, demanda le professeur.

- Non, dit Conseil, mais lorsque je vous ai vu dans l'eau, j'ai su que je devais tenter de vous sauver.

- Et le navire ?, dit le professeur. A-t-il coulé ? Pouvons-nous le rejoindre ?

- Je pense qu'il ne faut pas trop compter sur le *Abraham Lincoln*, dit Conseil. Le monstre l'a frappé de plein fouet. »

Pendant plusieurs heures, les deux hommes dérivèrent à la surface de l'océan. Ils avaient beau appeler à l'aide, leurs cris restaient sans réponse. Lorsque le jour se leva, ils étaient tous les deux complètement épuisés. Leurs mains et leur corps étaient engourdis d'avoir séjourné dans l'eau pendant de si longues heures.

Le professeur se rendit compte que Conseil était à bout de forces et il le supplia d'essayer de s'en sortir sans lui.

- « Laisse-moi, dit le professeur. Je ne suis plus en mesure de continuer. Laisse-moi mourir ici et essaie de t'en sortir. Moi, je suis incapable de poursuivre.

- Jamais, répliqua Conseil. Je vais me noyer plutôt que de vous abandonner. »

En désespoir de cause, Conseil appela une dernière fois au secours. Cette fois, ils entendirent une faible réponse.

- « As-tu entendu ça ?, s'écria le professeur.

- Oui, mon maître. Nous sommes sauvés. »

Conseil lança un autre appel et, encore une fois, une voix humaine répondit. Conseil entraîna le professeur vers l'endroit d'où venait la voix. Soudain, le corps du professeur frappa un objet dur et fut tiré hors de l'eau au moment où il tombait dans les pommes.

Lorsque le professeur reprit conscience, il découvrit un visage qu'il reconnut aussitôt. « Ned !, cria-t-il. Ned Land. Tu es venu à notre rescousse !

- Je ne sais pas si je viens de vous sauver ou pas, mais nous sommes tous les trois dans le même bateau. Pardon, sur le même bateau.

- Je ne comprends pas.

- J'ai été projeté à la mer tout comme vous sous l'effet du choc lorsque la créature nous a attaqués. Je suis tombé sur cette île flottante qui est, en fait, le dos de la bête que mon harpon a été incapable de percer. Cette soi-disant créature n'est pas un animal du tout, mais bien une machine fabriquée par l'homme. Mon harpon a été inutile, car ce monstre est en métal. C'est un navire, tout simplement. Mais je vous avoue que c'est l'engin le plus étrange qu'il m'ait été donné de voir. »

UNE BALEINE D'UNE ESPÈCE INCONNUE

Le professeur Aronnax se leva péniblement et examina attentivement l'île flottante sur laquelle il se trouvait. Pas de doute possible, ce n'était pas un animal, mais bien un sous-marin recouvert de feuilles de métal assemblées avec des clous. Seulement le dessus du sous-marin flottait à la surface de l'eau. Le professeur tentait d'évaluer toute l'ampleur de sa découverte lorsque l'appareil se mit en marche.

- « Tant qu'il reste à la surface de l'eau, murmura Land, je me sens en sécurité. Mais s'il décide de plonger, nous aurons du mal à sauver notre peau. »

Le sous-marin poursuivit sa route pendant un bon moment alors que le professeur Aronnax s'interrogeait sur les moyens à prendre pour entrer en contact avec ceux qui étaient à l'intérieur de cette machine. Alors qu'il examinait le sous-marin, celui-ci entreprit une manœuvre de plongée.

- « Allez au diable, hurla Ned Land en assénant de violents coups de pied sur la coque. Ouvrez ! Ouvrez ! Nous allons tous nous noyer ! »

Heureusement, ses cris furent entendus et le sous-marin s'immobilisa. Un bruit métallique se fit entendre et un panneau de métal s'ouvrit. Un homme sortit de l'écoutille et se mit à crier avant de disparaître dans le ventre du sous-marin.

Quelques minutes plus tard, huit hommes, qui portaient des masques pour ne pas être reconnus, sortirent sur le pont et emmenèrent les trois survivants à l'intérieur du sous-marin.

Le professeur Aronnax et ses deux amis furent conduits dans une petite pièce. La lourde porte de métal se referma derrière eux et ils entendirent le bruit distinctif des verrous. La pièce était tellement sombre qu'ils ne voyaient pas très bien où ils étaient.

Quelques instants plus tard, un groupe d'hommes apparut dans l'embrasure de la porte. Un des hommes semblait être le chef, mais il ne parlait pas et il ne répondait pas aux questions que lui posait le professeur, Conseil et Ned Land. Ils parlaient en anglais, en français, en allemand et en latin, mais l'équipage du sous-marin ne semblait comprendre aucune de ces langues.

Les trois prisonniers donnèrent leurs noms et leur identité, mais les hommes restèrent muets. Ils quittèrent tout simplement la pièce en les laissant seuls jusqu'à ce qu'un repas leur soit apporté un peu plus tard.

LE CAPITAINE NEMO

Le lendemain, un homme qui semblait être le capitaine de cet étrange sous-marin rendit visite aux trois prisonniers.

- « Messieurs, dit-il calmement, je parle le français, l'anglais, l'allemand et le latin sans aucun problème. J'aurais pu répondre à vos questions lors de notre première rencontre, mais je voulais réfléchir avant de vous répondre. Vous venez de bouleverser sérieusement mes projets.

- C'est tout à fait par accident, dit le professeur Aronnax.

- Par accident !, dit le capitaine. Le *Abraham Lincoln* a poursuivi mon sous-marin pendant des mois et vous le savez très bien. Vous allez me dire que vous étiez là par hasard ? Et que c'est par hasard que Monsieur Ned Land a tenté de le transpercer avec un harpon ?

- Vous devez comprendre, marmonna le professeur, qu'en vous

poursuivant, le *Abraham Lincoln* pensait chasser une licorne de mer géante qui devait être éliminée pour que les navires commerciaux puissent continuer à naviguer en toute sécurité.

- Si vous aviez su, dit le capitaine, que vous poursuiviez un sous-marin plutôt qu'un énorme monstre, pensez-vous vraiment que le commandant du *Abraham Lincoln* aurait laissé tomber ? »

Le professeur ne répondit pas à cette question, car il savait très bien que le capitaine du *Abraham Lincoln* aurait tenté de détruire ce sous-marin autant que le monstre marin.

- « Vous comprendrez donc, dit le capitaine du sous-marin, que j'ai parfaitement le droit de vous considérer comme mes ennemis. Si je le souhaite, je peux très bien vous rejeter à la mer et oublier qui vous êtes. Ce serait mon droit, pas vrai ?

- Un sauvage pourrait peut-être exercer ce droit, répliqua le professeur, mais pas un homme civilisé.

- Professeur, rétorqua le capitaine, je ne suis pas un homme civilisé, bien au contraire. J'ai depuis longtemps tourné le dos à ce que vous appelez la civilisation et je ne respecte pas ses lois. Mais, parce que je ne suis pas un homme cruel, je ne vous rejetterai pas à la mer. Vous pourrez rester ici et circuler librement. Il y a, toutefois, une condition : vous ne devez jamais tenter d'endommager ce merveilleux sous-marin. Vous pouvez regarder, mais il est interdit de toucher à quoi que ce soit sans ma permission.

- Nous acceptons, dit le professeur Aronnax, mais permettez-moi de vous poser une question.

- Je vous écoute.

- Vous avez dit que nous serions libres à bord ?

- Absolument.

- Je vous demande donc, monsieur, en quoi nous serons libres.

- Vous aurez le droit de circuler sans restriction, d'observer tout ce qui se passe à bord sauf dans certaines circonstances où je vous demanderai de regagner vos cabines. Considérez-vous comme mes invités et non pas comme mes prisonniers. Il vous faudra accepter, toutefois, que vous ne retournerez jamais dans le monde d'où vous venez.

- Eh bien, cria Ned, je ne peux pas vous promettre que je n'essaierai pas de m'échapper. »

- Je ne vous ai pas demandé de promettre quoi que ce soit, Monsieur Ned, répliqua le capitaine. Vous êtes des prisonniers même si je vous traite comme mes invités. Je pourrais vous tuer. Vous avez attaqué mon sous-marin et maintenant vous en savez trop pour que je vous rende votre liberté. Si je vous laisse partir, vous allez raconter ce que vous avez vu et d'autres voudront, tout comme vous, détruire mon sous-marin.

- Ainsi, professeur, vous nous donnez le choix entre la vie et la mort ?

- C'est exact.

- Puisque vous nous présentez les choses de cette façon, nous n'avons guère le choix que d'accepter votre proposition.

- Parfait. Laissez-moi vous dire, professeur, que vous ne regretterez pas le temps que vous passerez ici. J'ai lu votre livre sur la vie dans les profondeurs marines, mais vous ne faites qu'imaginer, car vous n'avez jamais visité les profondeurs de la mer. Moi, je les connais et maintenant, vous aurez la chance unique de visiter le royaume merveilleux des profondeurs océaniques.

- Puisque nous sommes vos prisonniers, dit le professeur, comment devons-nous vous appeler ?

- Pour vous, je suis le capitaine Nemo et pour moi vous êtes des passagers à bord du *Nautilus.*»

Puis, se tournant vers Ned Land et Conseil, il dit : « Votre petit déjeuner vous attend dans votre cabine. Quant à vous, professeur Aronnax, je vous invite à me suivre. Nous allons partager un repas ensemble. »

LE *NAUTILUS*

Le professeur suivit le capitaine Nemo le long d'un couloir éclairé par des lampes électriques. Le capitaine ouvrit une porte métallique et ils entrèrent dans une magnifique salle à manger décorée comme celle d'un roi. Une vaste table sur laquelle il y avait un somptueux banquet occupait le centre de la pièce. Toute la nourriture se composait de poissons et de fruits de mer.

- « Vous aimez beaucoup la mer, n'est-ce pas capitaine ?, dit le professeur à son hôte.

- Je l'adore, répondit-il. Elle occupe 70 % de la surface de la terre. Elle contient toutes les émotions, même l'amour et la paix. À sa surface, les hommes se battent et se déchirent. À dix mètres sous l'eau, le pouvoir des hommes s'arrête. C'est ici que je me sens libre et que je peux contrôler ma vie. Voyez-vous, il y a plusieurs années, j'étais prisonnier de la terre. On m'a traité avec cruauté comme seuls les hommes savent le faire. Ma femme et mes enfants m'ont été enlevés et j'ai subi un châtiment à la fois injuste et cruel.

J'ai voulu me venger des crimes qui ont été commis contre moi. J'étais un esclave des guerriers et de leurs guerres, comme tous les hommes à bord de ce sous-marin. Nous avons survécu, nous nous sommes évadés et nous avons construit le *Nautilus*. Ensemble, nous avons juré que nous allions nous opposer à la guerre et combattre les injustices de ce monde.

Les seuls navires que nous avons attaqués volontairement sont les navires de guerre qui cherchent à tuer et non pas à aider les hommes. Des navires conçus pour emprisonner et non pour libérer. Je ne cherche pas la bataille, mais lorsqu'elle se présente, je me bats au nom de la justice, de la liberté et des droits des hommes.

- Mais, dit le professeur, avec votre intelligence, avec toutes vos découvertes et le magnifique sous-marin que vous avez construit, vous pourriez aider le monde. Pourquoi choisissez-vous de vous cacher ?

- Tout ce que j'ai construit, particulièrement le *Nautilus*, deviendrait un instrument de destruction dans les mains des hommes. Les pays utiliseraient un sous-marin comme le *Nautilus* pour faire trembler de peur leurs voisins et non pas pour réaliser de belles et grandes choses. S'ils avaient un navire qui peut se cacher sous l'eau et attaquer sans risque d'être repéré, ils chercheraient à conquérir les mers. Y a-t-il un seul pays qui résisterait à cette tentation ? »

Le professeur Aronnax ne savait que répondre. Même s'il refusait d'admettre qu'une telle puissance repose entre les mains d'un seul homme, il savait très bien tous les risques qu'elle renfermait si des hommes mal intentionnés en prenaient le contrôle.

- « Je comprends, dit le professeur, mais j'ai davantage confiance que vous dans le genre humain. Parfois les hommes trébuchent et se trompent. En essayant des choses, ils découvrent leurs faiblesses et apprennent à les corriger.

- Je n'ai plus rien à apprendre du genre humain, rétorqua le capitaine. Je cherche tout simplement à parfaire mes connaissances sur la mer, à découvrir un lieu que les hommes n'ont pas encore sali. »

Après leur repas, les deux hommes entreprirent une visite du sous-marin. Ils s'arrêtèrent d'abord dans la bibliothèque qui contenait des milliers de livres.

- « Il n'y a pas de doute, capitaine, dit le professeur, cette bibliothèque est aussi bien garnie que les plus imposantes collections du monde. Je suis étonné d'en voir l'ampleur et la qualité. Il doit y avoir ici entre six et sept mille volumes.

- Douze mille, affirma Nemo, et vous pouvez les emprunter quand vous voudrez. »

Après la bibliothèque, ils se rendirent dans une vaste pièce qui était pleine de tableaux de grands peintres tels que Léonard de Vinci, Raphaël et Rubens. Cette pièce, que Nemo appelait le salon, abritait également un orgue magnifique.

Les deux hommes visitèrent également les cuisines, la cabine du capitaine et la salle des machines. Après la visite, Nemo s'excusa et rejoignit sa cabine, laissant le professeur Aronnax dans la superbe bibliothèque où il fut rapidement rejoint par ses compagnons.

- « Où sommes-nous ?, dit Ned Land, dans le Musée de Québec ?

- Mes amis, dit le professeur, nous ne sommes pas au Canada mais bien à bord du *Nautilus*, à 50 mètres sous la surface de l'eau. Ce sous-marin est un chef-d'œuvre et nous avons la chance

d'être à son bord. Beaucoup de gens aimeraient jouir de ce privilège. Soyons curieux et essayons d'en apprendre le plus possible au sujet de cette magnifique machine.

- On ne peut rien voir dans cette prison de fer, s'exclama Ned Land, nous naviguons à l'aveuglette. »

Ned venait à peine de prononcer ces mots lorsque la pièce fut plongée dans l'obscurité la plus totale. Figés, les trois hommes entendirent le bruit d'un glissement métallique.

UNE INVITATION

Soudain, une lumière toute particulière se répandit dans la pièce. C'était la lumière du soleil filtrée par la mer. Le bruit qu'ils venaient d'entendre était celui d'un panneau en acier qui s'ouvrait sur un hublot géant à travers lequel ils pouvaient observer tout ce qui se passait dans la mer à l'extérieur du sous-marin. C'était un peu comme s'ils regardaient dans un aquarium géant.

Devant eux, une multitude de créatures des profondeurs nageaient : tortues, raies, requins et autres. Il y avait des centaines d'espèces de poissons colorés qui dévoilaient leur beauté aux visiteurs étonnés.

Deux semaines passèrent avant que le professeur Aronnax ne revoit le capitaine Nemo. Un jour, alors que le professeur retournait à sa cabine en compagnie de Ned et Conseil, il trouva un message. Il y était écrit :

16 novembre 1867

Au professeur Aronnax,
passager à bord du Nautilus,

Le capitaine Nemo invite le professeur Aronnax à une partie de chasse qui aura lieu demain matin dans les forêts de l'île de Crespo. Il espère que le professeur sera disponible et que ses compagnons pourront se joindre à lui.

Capitaine Nemo,
commandant du Nautilus

- « Une chasse !, s'exclama Ned.
- Et dans les forêts de l'île Crespo !, répliqua Conseil.
- Ce monsieur se décide enfin à poser le pied sur la terre ferme, dit Ned.
- C'est en effet ce que cette note semble indiquer, affirma le professeur.
- Eh bien, nous devons accepter l'invitation, poursuivit Ned Land. J'ai bien hâte de me retrouver au-dessus de l'eau et de manger de la viande. »

Le lendemain, les trois com-

pagnons découvrirent que la chasse n'allait pas avoir lieu sur la
terre mais bien au fond de l'océan.
Il y avait, à bord du *Nautilus*, des
habits de plongée sous-marine
qui permettaient aux plongeurs
d'arpenter les fonds marins pendant plusieurs heures.

Lorsque Ned se rendit compte
que la chasse s'effectuerait sous
l'eau et non pas sur la terre ferme
comme il l'espérait, il se mit à rire

et dit : « Je ne porterai jamais ces
habits ridicules.

- Comme vous voudrez, dit le
capitaine Nemo, personne ne vous
y oblige. »

Ainsi, Conseil, le professeur, le
capitaine Nemo et un des marins
à bord du *Nautilus* enfilèrent les
scaphandres de plongée pour
explorer le fond de la mer.
Lorsqu'ils atteignirent le fond, ils
constatèrent qu'ils ne pouvaient

pas se parler entre eux, mais le regard de Conseil et du professeur Aronnax en disait long sur leur fascination.

Devant eux, ils voyaient un spectacle encore plus merveilleux que celui dont ils avaient été témoins dans le salon du *Nautilus*. Il y avait, partout où leur regard se posait, des poissons multicolores et une végétation spectaculaire.

Pendant des heures, ils marchèrent à travers la forêt de Crespo. À l'aide de leurs armes sous-marines, le capitaine Nemo et son matelot capturaient des poissons qui allaient nourrir l'équipage.

Au retour de la chasse et pendant les semaines qui suivirent, le professeur Aronnax et ses compagnons ne virent presque pas le capitaine Nemo.

Le *Nautilus* poursuivit son voyage pendant des mois, mais peu de temps après le Nouvel An, le sous-marin heurta une barrière de corail au large de la Nouvelle-Guinée. Comme l'équipage devait attendre la pleine lune pour profiter d'une marée suffisamment haute pour déloger le sous-marin, le professeur Aronnax demanda la permission au capitaine Nemo d'aller à terre en compagnie de ses deux amis.

À sa grande surprise, Nemo accepta. Aronnax savait toutefois qu'il était préférable d'être prisonnier à bord du *Nautilus* que de tenter sa chance dans les forêts de Nouvelle-Guinée qui étaient, à l'époque, pleines de chasseurs de têtes et de cannibales.

UNE TERRE INHOSPITALIÈRE

À peine quelques instants après l'arrivée de Ned, du professeur et de Conseil sur la terre ferme, Ned Land escaladait un palmier pour en récolter les noix de coco. Lui et ses compagnons burent le lait et dégustèrent la chair.

- « Excellent, dit Land.

- Exquis, dit Conseil.

- Succulent », dit le professeur Aronnax.

Ils fouillèrent la forêt environnante à la recherche de nourriture et finirent par déguster un porcelet rôti et un lièvre que Ned Land fit cuire sur un feu de bois. Pour le dessert, ils avalèrent des mangues, des ananas et le jus de nombreuses noix de coco. Après, ils s'étendirent sur la plage et contemplèrent le ciel étoilé.

- « Et si, dit Conseil, nous ne retournions pas au *Nautilus* ce soir ?

- Et si, poursuivit Ned, nous ne retournions jamais au *Nautilus* ? »

Au même moment, une petite roche atterrit à leurs pieds

Au début, ils ne virent rien. Puis, une bande d'indigènes, la peau recouverte de peinture, sortirent du bois. Ils étaient plus d'une centaine.

- « Au bateau ! », cria le professeur Aronnax.

Ils se mirent à courir à pleine vitesse vers l'endroit où ils avaient laissé leur embarcation. Se précipitant dans le petit bateau, Ned Land se mit à ramer de toutes ses forces pour échapper aux indigènes qui les poursuivaient. Leurs flèches et leurs lances sifflaient de partout mais les trois hommes réussirent à s'échapper.

- « Nous l'avons échappé belle », dit Conseil lorsqu'ils furent assez loin de la rive pour se sentir en sécurité.

L'ÉCLAIR DU CAPITAINE NEMO

Quelques minutes plus tard, ils étaient tous les trois à bord du *Nautilus*. Une étrange musique se répandait à travers le sous-marin. Le professeur Aronnax se rendit

coupant court à leur conversation. Les trois compagnons se retournèrent brusquement vers la forêt derrière eux.

- « Les roches ne tombent pas du ciel », dit Conseil effrayé.

Une autre roche lancée en leur direction heurta Ned Land au bras alors qu'il s'apprêtait à croquer la chair d'une autre juteuse noix de coco.

- « Que se passe-t-il ? », hurla Ned Land.

Les trois hommes se levèrent d'un bond, prirent leurs armes et les dirigèrent vers l'orée du bois.

dans le salon où il découvrit le capitaine Nemo jouant de l'orgue.

- « Capitaine !, dit le professeur sans être entendu.

- Capitaine !, répéta-t-il en touchant la main du musicien.

- Oui, dit Nemo. Avez-vous eu une bonne chasse ?

- Nous avons été attaqués par des indigènes. Ils étaient une centaine. Je crains qu'ils essaient d'attaquer le *Nautilus*. »

Le professeur Aronnax se rendit sur le pont du *Nautilus* d'où il pouvait voir, sur la plage, les feux que les indigènes avaient allumés. Mais la tranquilité du capitaine Nemo avait eu un effet apaisant sur lui et il n'avait plus peur des indigènes.

Lorsqu'il revint sur le pont le lendemain matin, le professeur Aronnax constata que le nombre des indigènes sur la plage avait augmenté. Ils étaient maintenant entre 500 et 600.

Au fur et à mesure que le soleil se levait, ils s'embarquaient dans des pirogues et se dirigaient vers le *Nautilus*. Le professeur les examina soigneusement à mesure qu'ils approchaient du sous-marin. Puis, il descendit rapidement avertir le capitaine.

- « Capitaine Nemo, dit-il. J'ai bien peur que les indigènes dont je vous ai parlé hier soir soient plus nombreux que prévu. Ils foncent vers le *Nautilus*. Si nous ne réagissons pas, ils vont nous capturer et nous dévorer pour dîner.

Nemo sourit à ces propos.

- Je ne vois pas pourquoi vous souriez, dit le professeur. Je suis sérieux. *Le Nautilus* va être attaqué et vous ne faites rien !

- Nous allons être attaqués, dites-vous ? Capturés et dévorés ? Venez avec moi. Je vais vous montrer comment nous allons nous défendre. »

Le capitaine et le professeur se dirigèrent vers le pont du sous-marin. Ned et Conseil étaient déjà au pied de l'escalier qui menait sur le pont et observaient avec méfiance les indigènes qui gesticulaient vers eux de façon menaçante.

- « Il faut aller chercher les fusils !, cria Ned.

- Nous n'avons pas besoin de fusils, dit le capitaine Nemo. Nous avons des moyens plus efficaces pour repousser les indésirables. »

Nemo actionna alors un interrupteur et les indigènes qui étaient sur le sous-marin se mirent à danser comme s'ils avaient des charbons brûlants sous les pieds.

Conseil se mit à rire et Ned Land se dirigea en vitesse vers le pont. En agrippant la rampe, il fut projeté violemment au sol.

- « J'ai été frappé par un éclair !, s'écria Ned en se relevant.

- Je pense, dit le professeur, que vous avez été secoué par un choc électrique. Vous avez reçu, mon ami, une légère décharge. Je dis légère, car si elle avait été plus forte, vous ne seriez plus ici pour en discuter avec moi.

- Un choc électrique !, dit Ned effrayé.

- Exactement, répondit le capitaine Nemo, de l'électricité. Voilà une méthode efficace pour éloigner les indésirables. »

Le capitaine Nemo monta sur le pont en compagnie du professeur Aronnax, Conseil et Ned. Ils virent des centaines d'indigènes qui nageaient vers le rivage ou tentaient de regagner leurs pirogues pour s'éloigner en vitesse du *Nautilus*.

À LA RECHERCHE DES PERLES

Le *Nautilus* navigua jusqu'à l'océan Indien qu'il atteignit en janvier. C'est là que le capitaine Nemo proposa à ses invités une visite des bancs d'huîtres. Cette fois, même Ned Land accepta l'invitation. Vêtus de leurs habits de plongée, ils se sont tous rapidement retrouvés sur le fond marin et, en moins de deux, ils furent entourés par une multitude d'huîtres. Des plongeurs venus de la terre ferme allaient bientôt arriver pour capturer ces mollusques, déguster leur chair savoureuse et peut-être même trouver des perles.

Alors qu'ils arpentaient les fonds marins, le capitaine Nemo et ses invités arrivèrent face à face avec une huître de 250 kilos ; un spécimen immense qui contenait au moins 15 kilos de chair tendre dans sa coquille. En l'examinant de plus près, le professeur vit qu'elle cachait une perle de la grosseur d'une noix de coco ; une perle qui devait valoir un demi-million de dollars au moins. Le capitaine Nemo fit signe que la perle devait être laissée là dans l'huître pour qu'elle devienne encore plus grosse et précieuse.

Dix minutes plus tard, le capitaine s'immobilisa. Il fit signe à ses invités de se réfugier derrière un immense rocher. Lorsque les hommes furent à l'abri, Nemo leur montra une ombre qui descendait vers le fond de la mer.

Il s'agissait d'un plongeur qui avait décidé de venir chercher des huîtres avant la saison dans l'espoir, sans doute, de découvrir des perles. À la surface, ils pouvaient voir son petit bateau. L'homme plongeait avec un sac attaché à la taille, le remplissait d'huîtres et remontait à son bateau où il les déposait.

Comme il plongeait sans réserves d'oxygène, l'homme ne pouvait rester dans l'eau que quelques minutes avant de devoir remonter vers la surface pour prendre une bouffée d'air. Le plongeur ne voyait pas nos amis du *Nautilus* et il lui était impossible d'imaginer qu'il y avait sous l'eau des observateurs humains.

Le groupe commençait à prendre plaisir à observer le plongeur lorsque celui-ci, pris de panique, se précipita vers son bateau. Ils comprirent rapidement pourquoi il avait si peur. Un gros requin venait de se pointer juste au-dessus du plongeur.

L'équipe du *Nautilus* vit avec horreur le requin attaquer le

jeune homme qui essayait d'éviter, tant bien que mal, la gueule de la bête. Mais la queue du requin le heurta en pleine poitrine et il perdit connaissance.

Le requin venait de faire demi-tour et il fonçait la gueule ouverte

vers le corps immobile du plongeur lorsque le capitaine Nemo s'interposa entre la bête et le pauvre homme. Nemo avait un couteau et il n'avait manifestement pas peur du gros requin. Lorsque celui-ci fut à sa portée, il transperça le flanc du requin d'un coup de couteau sec et précis. Mais le combat ne faisait que commencer.

Le requin, blessé, attaqua encore une fois le capitaine Nemo. Celui-ci réussit à s'agripper à une de ses nageoires et à lui asséner des coups dans un duel féroce. L'énorme requin put se défaire du capitaine et entreprit d'en finir en fonçant droit sur lui la gueule grande ouverte. C'est à ce moment que Ned Land arriva, armé d'un harpon qu'il avait apporté. Ned plongea son arme dans le féroce requin et mit un terme au combat.

Le capitaine Nemo se releva rapidement et, prenant le plongeur inconscient dans ses bras, nagea vers la surface et déposa l'homme dans son embarcation. Tous étaient heureux lorsqu'ils virent le pauvre plongeur reprendre conscience.

Il ouvrit ses yeux et vit avec horreur les quatre hommes vêtus de leurs habits de plongée et de leurs masques, qui se penchaient au-dessus de lui. Nemo sortit de la poche de son habit un sac de perles et le glissa dans la main tremblante du plongeur. Malgré l'étrangeté de leur habillement, le plongeur savait que ces hommes venaient de lui sauver la vie.

De retour sur le *Nautilus*, les premières paroles du capitaine Nemo furent pour Ned Land : « Merci de m'avoir sauvé la vie.

- Ce n'est rien, dit Ned. Vous vous êtes courageusement porté au secours de ce pauvre plongeur et je suis certain que vous auriez fait la même chose pour moi. »

LES TRÉSORS ENFOUIS

Le *Nautilus* poursuivit sa route, rencontrant des créatures sous-marines aussi monstrueuses que majestueuses. Un jour, au large des côtes d'Espagne, le sous-marin s'immobilisa et le professeur Aronnax, Conseil et Ned virent l'équipage du *Nautilus* récupérer plusieurs coffres de dimensions appréciables. Ces coffres, qui avaient coulé avec les navires espagnols qui les transportaient, étaient pleins de bijoux, d'or, de métaux et de pierres précieuses. Les richesses qu'ils contenaient étaient telles que Ned Land en avait la chair de poule.

- « Il y a assez d'or et de bijoux dans un seul de ces coffres pour satisfaire un homme pendant l'éternité », disait-il.

Lorsque les coffres furent hissés à bord, ils allèrent rejoindre la vaste fortune que le *Nautilus* possédait déjà. Entreposés dans une vaste pièce, les couronnes et les épées serties de pierres précieuses, les rubis, les émeraudes, les bracelets, les colliers, les perles, les diamants, l'argenterie, les pièces d'or et les saphirs se comptaient par milliers.

- « Un trésor digne d'un roi », dit Ned Land lorsqu'il aperçut pour la première fois toutes ces richesses.

Après avoir récupéré un autre trésor au fond de la mer, le *Nautilus* poursuivit sa route. Vers le milieu du mois de février, alors que le professeur Aronnax se trouvait devant le hublot géant, le sous-marin s'arrêta devant une énorme falaise. Le hublot se referma, mais le navire continua à avancer. Le professeur se demandait comment cela était possible puisque le sous-marin se dirigeait assurément sur un mur de roc. Après quelques minutes le *Nautilus* atteignit la surface de l'eau.

Le professeur se dirigea vers l'échelle qui menait au pont et découvrit que la porte du sous-marin était ouverte. Lorsqu'il escalada les marches et se rendit sur le pont, il constata qu'il était en pleine obscurité alors qu'il s'attendait à voir la lumière du jour. S'était-il trompé ? Était-ce encore la nuit ? En regardant vers le ciel, il ne pouvait pas voir la moindre étoile. En fait, il faisait si noir qu'il n'avait même pas remarqué le capitaine Nemo à ses côtés.

- « C'est vous, monsieur le professeur ?, questionna le capitaine.

- Oui, capitaine. Où sommes-nous ?

- Sous la terre, monsieur.

- Sous la terre ?

- Nous sommes dans une caverne souterraine que le *Nautilus* emprunte à partir de la mer. Vous allez voir. Dans une minute, vous comprendrez tout. »

Peu de temps après, les lumières du sous-marin s'allumèrent et le professeur put voir qu'ils étaient dans une immense caverne.

- « Nous sommes au cœur d'un volcan éteint, expliqua le capitaine Nemo. Ceci est un lieu de repos pour nous, un lieu que nous sommes seuls à connaître. Le *Nautilus* vient ici pour réparer ses machines et se reposer avant de poursuivre sa route. Nous passerons une journée ici.

- Et où irons-nous après ?, demanda le professeur.

- Nous irons où aucun être

humain n'est jamais allé », répondit le capitaine.

Fidèle à sa parole, le lendemain, le *Nautilus* s'engagea dans le tunnel et regagna la haute mer. Le professeur Aronnax, Conseil et Ned Land étaient à bord du sous-marin depuis plus de six mois. Ils avaient franchi 17 000 lieues, traversé les océans Pacifique, Indien et Atlantique. C'est d'ailleurs dans l'océan Atlantique qu'ils allaient faire leur plus terrible rencontre.

FACE À FACE AVEC UN MONSTRE

Le calmar est un mollusque qui ressemble étrangement à une pieuvre qui aurait dix tentacules. Le calmar que le *Nautilus* rencontra en cette horrible journée pesait entre 1500 et 2000 kilos. Son corps mesurait plus de dix mètres en longueur et ses tentacules étaient pourvues de ventouses gigantesques.

Sa bouche ressemblait à un bec géant et, tout le long de la langue, ce calmar avait des dents pointues. Ennuyé par la présence du *Nautilus*, le calmar tentait de fixer ses ventouses aux parois du sous-marin qui s'immobilisa et fut secoué brutalement.

- « Avons-nous heurté quelque chose ?, demanda le professeur au capitaine.

- Je crois plutôt que nous avons été heurtés, répondit le capitaine Nemo. Ce calmar géant a réussi à bloquer l'hélice du *Nautilus*. Nous allons devoir faire surface et livrer combat à cette bête.

- Ce sera sans doute difficile, affirma Conseil.

- Très difficile, répliqua le capitaine. Nos balles sont sans effet contre la chair molle du calmar. Nous allons devoir le vaincre avec des couteaux, des haches et des harpons.

- Des harpons, dit Ned avec enthousiasme. Voilà un domaine que je connais très bien.

- Votre aide nous sera très précieuse », dit le capitaine Nemo en se dirigeant vers l'escalier central.

Il y avait environ dix hommes au pied de l'escalier qui attendaient le signal de leur capitaine. À peine les boulons qui retenaient la porte du sous-marin furent-ils désengagés que celle-ci fut violemment projetée vers le ciel sous l'effet des ventouses de la seiche. Une des tentacules pénétra dans le sous-marin, agrippa un des matelots et l'emporta vers l'extérieur. Tous les hommes se précipitèrent vers le pont où le pauvre homme était prisonnier des ventouses de la bête. Il criait : « Au secours ! Au secours ! »

Le capitaine Nemo se rua sur la

tentacule et, d'un seul coup de hache, la trancha net. Mais le pauvre matelot fut immédiatement happé par une autre tentacule. Nemo et un autre membre de l'équipage se précipitèrent pour libérer le malheureux, mais le calmar projeta un jet de liquide noir qui aveugla tous les combattants. Lorsqu'ils retrouvèrent l'usage de leurs yeux, le pauvre matelot avait disparu.

Mais la créature n'était pas satisfaite et elle continua son attaque sur les hommes de l'équipage. Ned Land, brave comme pas un, planta son harpon dans la bête mais elle avait trop de tentacules pour qu'il se défende et il fut rapidement prisonnier de ses ventouses et attiré impitoyablement vers la gueule géante du monstre.

Au moment, où il croyait voir

disparaître son ami Ned pour toujours, le capitaine Nemo frappa le calmar d'un violent coup de hache. Ned Land tomba sur le pont et le calmar disparut sous l'eau. Le combat avait duré plus d'un quart d'heure et un homme avait perdu la vie.

Le capitaine Nemo était épuisé. Il regardait fixement la mer qui venait de lui prendre un de ses hommes et ses yeux s'emplirent de larmes.

Ned Land était à bout de forces. Il venait de frôler la mort et remercia le capitaine de l'avoir sauvé.

- « Je n'ai fait, Ned, que ce que tu as fait pour moi. Je remercie le Seigneur de ne pas vous avoir rejetés à la mer lorsque vous êtes montés à bord du *Nautilus* pour la première fois.

- Ça c'est bien vrai, capitaine », dit Ned Land avec un sourire.

L'ARRIVÉE D'UN NAVIRE

Une semaine après l'aventure avec le calmar, alors que le *Nautilus* était immobilisé à la surface de l'océan, Ned Land dit au professeur : « Voyez-vous ce navire à l'horizon ? »

La vue du professeur Aronnax n'était pas aussi bonne que celle de Ned Land et il ne voyait absolument rien.

- « Non, je ne vois pas, dit-il.

Mais vos yeux sont beaucoup plus perçants que les miens. Si vous dites que c'est un navire, je vous crois.

- C'est un navire, dit Ned, et il s'en vient droit sur nous.

- Pouvez-vous voir de quel pays il vient ?

- Non, mais je vois vaguement son drapeau. C'est sans doute un navire de guerre. »

Le professeur scrutait l'horizon avec beaucoup de concentration. Après un certain temps, il aperçut, lui aussi, le navire de guerre. Le *Nautilus* demeurait immobile. Si le capitaine Nemo savait qu'un navire approchait, il n'avait fait aucun effort pour éviter d'être repéré.

Quelques instants plus tard, Nemo monta sur le pont avec un télescope et examina longuement le bateau.

- « Imbéciles ! », murmura-t-il à voix basse.

Mais le capitaine Nemo ne faisait rien pour éloigner son sousmarin du bateau. Lorsque le navire fut à trois kilomètres environ, le professeur Aronnax remarqua une colonne de fumée qui s'échappait du bateau. Quelques instants plus tard, un projectile tomba à quelques mètres du *Nautilus*.

- « Ils nous tirent dessus !, dit le

professeur.

- Bien sûr, dit Nemo avec dédain. Je vous avais dit que ça arriverait. Vous avez pourchassé le *Nautilus* sur *le Abraham Lincoln* et ils font comme vous. Pourquoi avez-vous fait ça, professeur, pourquoi et de quel droit.

- Je suis peut-être à blâmer, dit le professeur Aronnax.

- Ils pensent peut-être encore que le *Nautilus* est un monstre marin. Un monstre qui empêche depuis des années le commerce sur les mers.

- Peu importe qui est à blâmer, dit Ned. Je pense qu'on devrait partir en vitesse avant de se retrouver au fond de l'eau. »

Ned Land venait à peine de finir sa phrase qu'un deuxième obus tomba à moins de 50 mètres du *Nautilus* arrosant de la tête aux pieds les trois hommes.

- « Ça commence à devenir déplaisant, dit Ned Land en essuyant son visage.

- Vite, descendez !, cria le capitaine Nemo. Descendez, ne perdez pas une seconde ! »

Les deux hommes, accompagnés du capitaine, se réfugièrent dans le sous-marin. Nemo referma la porte en ordonnant à son équipage de plonger.

Le capitaine plaça le *Nautilus* devant le navire de guerre et poussa les moteurs au maximum de leur puissance. Le navire et le sous-marin se dirigeaient l'un vers l'autre à pleine vitesse.

- « Vous n'allez pas essayer de heurter ce navire ?, demanda Ned Land.

- C'est exacte-ment ce que j'ai

l'intention de faire », répondit le capitaine. L'équipage de ce navire a tiré sur moi et il devra en payer le prix. Ce bateau a été construit pour faire la guerre, eh bien, il va faire la guerre ! »

La capitaine orienta le sous-marin pour attaquer le navire par le côté. Il se rapprochait à une vitesse folle. Soudain, le sous-marin se mit à trembler et des bruits de ferraille déchirée se firent entendre. Les passagers pouvaient sentir les dommages que causait le *Nautilus* à la coque du navire qui était au-dessus de lui.

Le professeur Aronnax, Ned Land et Conseil se précipitèrent vers le salon où le capitaine Nemo avait choisi de se retirer. Nemo regardait le navire de guerre couler, à travers le hublot géant.

Tous les yeux étaient dirigés vers le capitaine Nemo. Le regard de cet homme, à la fois fou et génial, fixait le navire qui coulait tranquillement. Lorsque la coque du navire frappa le fond de l'océan, le capitaine se leva, sans prononcer un mot, et se dirigea vers sa cabine.

À travers la porte entrouverte de la chambre du capitaine, le professeur Aronnax voyait l'homme contempler la photo d'une femme et de deux enfants. Le capitaine Nemo examina cette photo pendant quelques minutes, tomba à genoux et éclata en sanglots.

LES DERNIÈRES PAROLES DU CAPITAINE NEMO

Le *Nautilus* poursuivait sa route à plus de 30 mètres sous la surface de l'océan. Le professeur Aronnax, Conseil et Ned Land retournèrent dans leurs cabines en silence. Cette nuit-là, le professeur fit de terrifiants cauchemars en repensant à l'horreur de ce qui venait de se produire. Il lui était impossible d'admettre ce que le capitaine Nemo avait fait. Aucune souffrance ne pouvait justifier le combat mortel qu'il avait livré au navire.

Le lendemain, le professeur était assis dans sa cabine lorsque Ned Land vint le voir.

- « Nous allons nous échapper, dit Ned au professeur.

- Quand ?

- Ce soir. Depuis que le capitaine Nemo a coulé ce navire de guerre, tous ceux qui sont à bord du *Nautilus* semblent déprimés. Serez-vous prêt à nous accompagner ?

- Oui, dit le professeur, mais savez-vous où nous nous trouvons ?

- Aucune idée, dit Ned, mais ce n'est pas important. Je veux absolument sortir d'ici. La mer est très agitée et les vents sont forts, mais la chaloupe que j'ai trouvée à bord du *Nautilus* devrait résister. De toute manière, nous devons quitter ce sous-marin avant que nous ne devenions tous fous.

- Je vous suivrai, dit le professeur. Conseil veut-il partir également ?

- Oui. »

À six heures, le professeur tenta de manger même s'il n'avait pas faim. Une demi-heure plus tard Ned Land vint dans sa cabine.

- « Nous nous voyons pour la dernière fois avant notre départ, dit Land. À 22 heures, la lune ne sera pas encore levée. Le *Nautilus* va devoir faire surface pour renouveler ses réserves d'air. L'obscurité nous aidera à nous échapper. Venez nous rejoindre à la petite chaloupe. Conseil et moi serons déjà là. Ne tardez pas. »

Ned Land ne laissa pas au professeur le temps de répondre. Il quitta en vitesse la cabine pour effectuer d'autres préparatifs.

À 21 h 30, le professeur s'habilla avec des vêtements chauds, récupéra son carnet de notes et, lorsqu'il fut prêt, se dirigea vers l'escalier qui mène sur le pont.

C'est à ce moment-là qu'il entendit jouer de l'orgue. C'était une mélodie triste et douce qui ressemblait aux sanglots déchirants d'une âme en peine. Il écouta la musique que jouait le capitaine Nemo et se rendit compte que celui-ci était dans le salon, une pièce qu'il devait absolument traverser pour se rendre sur le pont où se trouvait la chaloupe.

L'idée de croiser le capitaine le terrifiait, mais il devait poursuivre sa route. Il longea les murs des corridors jusqu'au salon. Lorsqu'il ouvrit la porte, il vit que la pièce était dans l'obscurité la plus complète. Nemo était penché sur son orgue. Il était tellement absorbé par sa musique qu'il n'entendit pas le professeur.

Alors qu'il s'apprêtait à quitter le salon, le capitaine Nemo arrêta brusquement de jouer et se leva. Silencieusement, il marcha vers le professeur un peu comme un zombi. Il passa à côté de lui en murmurant ce qui devait être ses dernières paroles : « Bon Dieu. Assez ! Assez ! »

Dès que le capitaine Nemo fut parti, le professeur quitta en vitesse le salon et se rendit rapidement sur le pont où l'attendaient Ned et Conseil. Ils étaient en train de dégager la chaloupe de son support.

Soudain, un bruit se fit entendre. Des voix affolées parvenaient jusqu'aux trois hommes. Ils cessèrent leurs activités, convain-

cus qu'on
avait découvert
leur fuite et qu'on les cherchait.
Ned Land glissa un long couteau
dans la main du professeur.

- « Oui, dit le professeur, nous
allons mourir s'il le faut. »

Il devint cependant très clair
que l'agitation de l'équipage
n'avait rien à voir avec leur
fuite. Ils entendaient les hommes
répéter : « Le tourbillon! Le tourbillon !

- Le tourbillon ! », cria le professeur.

En tant que marin, Ned Land
connaissait toute la gravité de ces
paroles. Il comprit, à ce moment-
là, qu'ils étaient probablement au
large des côtes de la Norvège où
des tourbillons d'une puissance
incroyable détruisaient les navires
qui s'en approchaient. Une fois
prisonniers de leur mouvement,
les bateaux se retrouvaient au

fond de l'eau en quelques
minutes à peine. C'est vers un de
ces tourbillons que le capitaine
Nemo avait dirigé le *Nautilus*.

Le sous-marin s'en allait droit
vers sa perte. Les trois hommes
pouvaient voir à la surface de
l'eau devant eux un tourbillon
identique à celui qu'on voit dans
une baignoire lorsqu'on retire le
bouchon.

- « Dépêchons-nous, cria Ned
Land. Nous devons libérer la
chaloupe et tenter notre chance. »

Avant qu'il put faire un pas, le
Nautilus se fit happer par le tourbillon.

- « Tenez-vous bien, cria Land,
nous avons encore une chance... »

Ned Land n'eut pas le temps de
terminer sa phrase, car la
chaloupe, aussitôt dégagée, fut
emportée par le vent en plein
cœur du tourbillon. La professeur
Aronnax perdit pied, heurta sa

tête sur le pont et perdit connaissance.

Lorsqu'il s'éveilla, il était couché dans la cabane d'un pêcheur. Ned Land et Conseil étaient près de lui, sains et saufs eux aussi. Le professeur se leva et embrassa ses amis.

Dans un article qu'il publia dans un journal lorsqu'il fut rentré chez lui, le professeur Aronnax raconta :

Vous ne me croirez peut-être pas, mais ça ne me dérange pas. Je tiens à vous dire que j'ai maintenant le droit de parler du monde marin, car je l'ai exploré pendant plus de dix mois sur une distance de 20 000 lieues. C'est un monde qui m'a livré plusieurs merveilleux secrets.

Qu'est-il arrivé au Nautilus ? Ce sous-marin a-t-il survécu au tourbillon ? Le capitaine Nemo est-il encore vivant ? Le Nautilus encore sous la surface des grands océans ? Je n'en sais vraiment rien.

J'espère sincèrement que le capitaine Nemo et son sous-marin poursuivent leur exploration du monde marin. J'espère également que le cœur du capitaine Nemo a trouvé son bonheur. J'espère, s'il pose son regard émerveillé sur les beautés de la mer, qu'il est moins

triste que lorsque je l'ai connu et, par dessus tout, j'espère que le capitaine Nemo a fait la paix avec lui-même.